जैन बाल कथाएँ

(बाल कहानियाँ)

संजय दुबे

भारतीय ज्ञानपीठ

बालोदय ग्रन्थमाला : ग्रन्थांक 38

ISBN 978-93-263-5461-5

जैन बाल कथाएँ

(बाल कहानी)

संजय दुबे

प्रकाशक

भारतीय ज्ञानपीठ

18, इन्स्टीट्यूशनल एरिया, लोदी रोड,
नयी दिल्ली-110 003

आवरण व रंगीन रेखाचित्र : अभिषेक लाकड़ा
साज-सज्जा : चन्द्रकान्त शर्मा/महेश्वर

मुद्रक : चार दिशाएँ, नोएडा

पहला संस्करण : 2016
मूल्य : 40 रुपये

JAIN BAL KATHAYEIN
(Story)
by Sanjay Dubey

Published by
Bharatiya Jnanpith
18, Institutional Area, Lodi Road
New Delhi-110 003
Ph. : 011-24698417, 24626467; 23241619 (Daryaganj)
Mob. : 9350536020; e-mail : bjnanpith@gmail.com
sales@jnanpith.net; website : www.jnanpith.net

First Edition : 2016
Price : Rs. 40

संन्यास

चम्पापुरी नामक नगर में चरक नाम का वणिक निवास करता था। वह बहुत ही बुद्धिमान और शास्त्रों को जानने वाला था। उसकी धन सम्पदा और वैभव राजाओं की तरह था। नगर के राजा ही नहीं पड़ोसी राज्यों के राजा भी समय-समय पर उसे परामर्श के लिए बुलाते रहते थे। वह जो सलाह देता, उसको सर्वसम्मति से माना जाता था।

एक दिन की बात है कि वणिक अपने कमरे में बिस्तर पर सोया हुआ था। तभी एक चोर चोरी करने के लिए वणिक के कमरे में प्रवेश करता है। वह वणिक को सोता हुआ देख घबरा जाता है और वहाँ से भागने का प्रयास करता है। तभी उसे दो पहरेदार वणिक के कमरे की ओर आते दिखते हैं। तब चोर जल्दी से वणिक के पलंग के नीचे घुस जाता है।

कुछ ही देर बाद वणिक सोते से जगा और बिस्तर पर लेटे-लेटे मन ही मन अपने वैभव और विलासिता पर खुश होने लगा। अपने आपसे ही कहने लगता है कि मैं कितना भाग्यशाली एवं पुण्यवान हूँ। कितना विशाल है मेरा परिवार, कितने समृद्ध हैं मेरे परिवार वाले, कितना सक्षम हूँ मैं। कितना अक्षय है मेरा कोष।

ये सब सुख अन्यत्र सम्भव नहीं है मेरे कोष पर साक्षात् धन के राजा कुबेर का वरदान है।

मेरे घर और वैभव को देख स्वर्ग की अप्सराएँ भी ईर्ष्या करती होंगी। मेरी हर सलाह मानी जाती है। समाज मेरी इज्जत करता है।

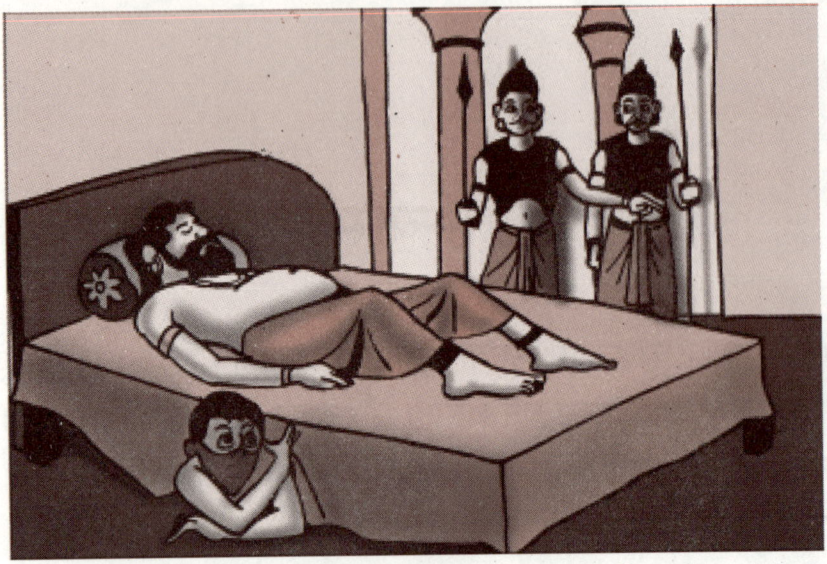

वे मेरे लिए अपने प्राण तक न्यौछावर करने को तैयार हैं।

वणिक यह सब अपने आपसे कह ही रहा था। तभी चोर भी वणिक के बिस्तर के नीचे छुपा उसकी बात सुन रहा था। संयोग से चोर भी शास्त्रों का ज्ञाता था। वह कोशिश करता रहा कि कुछ न बोले परन्तु वह बोले बिना रह न सका। वह बोल उठा—"हे वणिक आपका जो धन और वैभव आदि है यह सब तभी तक है, जब तक आपकी आँख खुली है, आँख बन्द होते ही कुछ नहीं रहेगा। अर्थात् हे वणिक आप जिस दिन यमराज के मेहमान बन जाओगे, उस दिन इस संसार में आपके लिए कुछ शेष नहीं बचेगा, जो लोग आपके अपने हैं वही आपको अग्नि को सौंप देंगे। इसलिए आपको इस पर गर्व नहीं करना चाहिए।"

चोर के ऐसे वचन सुन वणिक की आँखें खुल गयीं। वह कमरे में चारों ओर देखने लगा कि ऐसे तत्त्व ज्ञान की बात किसने कही है?

वणिक ने आवाज दी कि "मेरे कक्ष में जो भी छिपा हुआ है वह सामने आये।"

चोर वणिक की आज्ञा का पालन करते हुए पलंग के नीचे से बाहर निकल आया। और वणिक के सामने खड़ा होकर विनम्रतापूर्वक दोनों हाथ जोड़कर बोला—हे वणिक मैं एक चोर हूँ और चोरी करने के उद्देश्य से आपके घर में आया था। आपके द्वारा वैभव का बखान सुन मैं स्वयं को नहीं रोक पाया। मेरे मुँह से कुछ शब्द निकल पड़े। मैं अपराधी हूँ। आप महान हैं। मुझे माफ कर दीजिए। मैंने आपके यहाँ से अभी कुछ नहीं चुराया है न ही कभी आपके यहाँ

चोरी करने आऊँगा। आप राजा को इसकी सूचना मत देना।''

वणिक ने कहा—''हे सज्जन पुरुष! तुम व्यक्तिगत जीवन में जो कुछ भी करते हो, इस क्षण मुझे उससे कोई मतलब नहीं है कि तुम क्या करने मेरे घर में आये थे।

इस वक्त आप मेरे गुरु बन गये हो। आपने मुझे आज जो ज्ञान दृष्टि दी है वह इस संसार की वास्तविकता का ज्ञान कराती है। आपने मेरा सत्य से साक्षात्कार करा दिया है। इसलिए आप मेरे गुरु होने के नाते जो भी गुरु दक्षिणा चाहते हों सो कृपा कर कह दीजिए।''

चोर की समझ में कुछ नहीं आ रहा था कि वणिक ऐसा क्यों कह रहा है? वणिक ने पुनः अपनी बात को दोहराया और बोला—''मैं अब शीघ्र ही संन्यास लेना चाहता हूँ। यह धन-वैभव मुझे तृण के समान प्रतीत हो रहा है। इसके प्रति अब मेरे मन में कोई आकर्षण शेष नहीं रह गया है। अगर आप मेरा धन चाहते हों तो मैं सहर्ष आपको देना चाहूँगा।''

चोर बोला—''हे वणिक आपको जिस महावाक्य से वैराग्य हो गया उसी महावाक्य ने मुझे भी जीवन के वास्तविक स्वरूप का ज्ञान करा दिया है।''

इस तरह कुछ ही समय में वणिक और चोर दोनों संन्यासी होकर वन की ओर चल पड़े। वहाँ उनकी भेंट एक जैन साधु से हुई। उनके सान्निध्य में दोनों जैन धर्म में दीक्षित होकर तप करने लगे।

अहिंसाणु व्रत

कंचनपुर नामक नगर के राजा श्रुत जैन धर्म के अनुयायी थे। वे नित्य अपने जीवन में अहिंसा के अणु व्रत का पालन करते थे। एक बार उन्होंने सोचा कि क्यों न प्रजा को भी इस व्रत का पालन करवाया जाए। इसलिए उन्होंने अपने राज्य में चातुर्मास में चार माह तक जीव हिंसा न करने की घोषणा करा दी।

राजा की इस घोषणा से मांस खानेवाले प्रजाजनों के मांस खाने पर प्रतिबन्ध लग गया। लेकिन राजा के भाई को मांस खाना और जीवों का शिकार करना अतिप्रिय था। इसलिए वह स्वयं को इस आज्ञा से न रोक सका।

उसने गुप्त ढंग से मांस खाना जारी रखा। एक दिन की बात है। राजा के उद्यान में एक हिरण का बच्चा घूम रहा था। जब राजा के भाई ने उसको देखा तो वह स्वयं को न रोक सका। उसने आसपास देखा। कोई न दिखा तो म्यान में से तलवार निकाली और हिरण के बच्चे का शिकार कर लिया। उसको मारकर राजा का भाई एक गुप्त स्थान पर ले गया। जहाँ उसने उसका मांस पकाकर खाया।

राजा को जब अपने गुप्तचरों के द्वारा यह पता चला कि उसके उद्यान में हिरण के बच्चे का शिकार हुआ है, तो वह क्रोध से भर गये। राजा ने अपने मन्त्री को आदेश दिया कि वह शीघ्र ही शिकारी का पता लगाये।

मन्त्री ने राजा का आदेश मिलने पर अपने गुप्तचरों को उस शिकारी को शीघ्र ही राजदरबार में पेश करने को कहा।

गुप्तचर चारों ओर फैल गये।

जिस समय हिरण के बच्चे का उद्यान में राजा के भाई के द्वारा शिकार किया जा रहा था। उस समय माली की पत्नी ने उसे देख लिया था। पत्नी ने अपने पति माली को सारी घटना सुनायी। माली ने पत्नी को यह घटना किसी को नहीं सुनाने के लिए कहा। फिर भी उसकी पत्नी ने सुबह उठकर सारा वृत्तान्त अपनी प्रिय पड़ोसन को कह दिया। पड़ोसन के माध्यम से यह बात पूरे राज्य में आग की तरह फैल गयी। राजा के गुप्तचरों ने जब यह वृत्तान्त सुना तो वह माली के पास गये और माली से पूछा। माली ने शुरू में तो मना कर दिया लेकिन गुप्तचरों ने जब उसे यातना दी तो वह बोला कि इस घटना की साक्षी मेरी पत्नी है। गुप्तचर उसे और उसकी पत्नी को लेकर मन्त्री के पास आये और वे उत्साह के साथ बोले—मन्त्रीजी हमने उस शिकारी का पता लगा लिया है।

मन्त्री ने कहा—''वह कौन है?''

गुप्तचरों ने कहा—''हमारे राजा के भाई हैं।''

मन्त्री—''क्या कह रहे हो? तुम्हारा दिमाग तो ठिकाने पर है।''

एक गुप्तचर बोला—''हाँ मन्त्रीजी! जिस दिन उद्यान में वह शिकार कर रहे थे उस समय माली की पत्नी वहाँ मौजूद थी। उसने अपनी आँखों से उन्हें शिकार करते हुए देखा था।''

मन्त्री—''क्यों माली! क्या यह गुप्तचर सही कह रहा है?''

माली—''हाँ मन्त्रीजी! गुप्तचर सही कह रहा है।''

मन्त्री—''तुमने अब तक यह बात राजा के सामने क्यों नहीं रखी?''

माली—''मन्त्रीजी! मुझे डर था कि राजा कहीं मुझे और मेरी पत्नी को कैदखाने में न डलवा दें। इसलिए नहीं बताया।''

मन्त्री—"नहीं! राजा बहुत न्यायप्रिय हैं। तुम निर्भय होकर अपनी बात राजा को बता देना। अभी तुम घर जाओ कल सुबह जब दरबार लगेगा तो तुम दरबार में उपस्थित हो जाना।"

माली—"जैसी आपकी आज्ञा।"

सुबह जब दरबार लगा तो महाराज ने कहा—"क्यों मन्त्रीजी! उस शिकारी का कोई पता चला वह कौन है?"

मन्त्री—"हे राजन्! मैं बताने से पहले अपनी जान की खैर माँगता हूँ।"

राजा—"मन्त्रीजी! आप बोलिए। मैं आपको अभय दान देता हूँ।"

मन्त्री—"उस दिन उद्यान में शिकार करनेवाले आपके भाई थे।"

राजा—"मन्त्रीजी! आप यह क्या कह रहे हैं? ऐसा कैसे हो सकता है?"

मन्त्री—"महाराज! यही सत्य है। माली की पत्नी उस समय उद्यान में उपस्थित थी जिसने उस समय उनको शिकार करते देखा था।"

राजा—"क्यों माली की पत्नी! मन्त्री सही कह रहे हैं? अगर झूठ हुआ तो तुम्हें सजा मिल सकती है।"

माली की पत्नी—"महाराज! मन्त्रीजी जो कह रहे हैं वह सब सत्य है आप अपने भाई से पूछ सकते हैं।"

राजा ने सिपाही से कहा—"जाओ मेरे भाई को दरबार में लेकर आओ।"

सिपाही ने राजा के भाई के पास जाकर राजा का सन्देश दिया कि आपको महाराज ने दरबार में बुलाया है। वह महाराज की आज्ञा सुन दरबार में आ जाता है।

राजा बोले—"क्यों?" तुमने मेरी आज्ञा के विरुद्ध जाकर चातुर्मास में शिकार खेला है और हिरण का मांस खाया है?

राजा का भाई—"हे राजन्! नहीं, मैंने ऐसा कोई काम नहीं किया।"

राजा—"सच कह रहे हो। यह माली की पत्नी तो कह रही है कि तुमने ही उद्यान में शिकार खेला और उसके बाद मांस खाया है।"

राजा माली की पत्नी से बोले—"जो वृत्तान्त तुमने मुझे सुनाया उसे फिर से कहो। शायद इनको याद आ जाए।"

माली की पत्नी ने पुनः वह सारा वृतान्त कहा।

राजा के भाई ने मन में सोचा कि अब मेरा बचना सम्भव नहीं है, इसलिए सत्य स्वीकार कर क्षमा माँग लूँ।

''हे राजन्! मुझे क्षमा कर दीजिए। मुझसे भूल हो गयी।''

राजा—''तुम्हारा अपराध क्षमा योग्य नहीं है। तुमको तो मैं तुरन्त मृत्यु की सजा देता हूँ। सिपाहियों ले जाओ इसे।''

सिपाही उसको लेकर चले गये। अब राजा के भाई को सूली पर चढ़ाने के लिए चांडाल को बुलाया गया।

चांडाल ने सिपाहियों को आते देख अपनी पत्नी से कहा कि सिपाही आये तो कह देना कि चांडाल किसी काम से ससुराल गया है।

पत्नी ने कहा ठीक है।

जब सिपाही आये तो पूछा—''चांडाल कहाँ है? उसे राजा ने बुलाया है।''

पत्नी बोली—''वह तो किसी काम से ससुराल गये हुए हैं।''

सिपाही बोले—''चांडाल का भाग्य खराब है उसे आज राजा के भाई को सूली पर चढ़ाना था। राजा उसे इस कार्य के लिए काफी धन देते।''

चांडाल की पत्नी धन की बड़ी लालची थी। उसने तुरन्त सिपाहियों को चांडाल का पता बता दिया।

सिपाहियों ने शीघ्र ही चांडाल को पकड़ लिया और उसे राजा के पास ले आये।

राजा ने चांडाल को आज्ञा दी कि तुम मेरे भाई को सूली पर चढ़ा दो।

चांडाल बड़े ही विनम्र भाव से बोला—''हे राजन्! मैंने मास की दोनों एकादशियों को जीव हिंसा न करने का व्रत लिया है। अतः कृपा कर मुझे आज के लिए इस काम से

मुक्त कर दें।''

राजा को क्रोध आ गया, वह बोले—''तुम चांडाल होकर अहिंसा की बात करते हो। तुम तो रोज ही हिंसा करते रहते हो।''

चांडाल—''हे राजन् आप सत्य कह रहे हैं, लेकिन मुझे एक सर्प ने काट लिया था जिससे मैं मरणासन्न हो गया था। उस समय एक साधु ने आकर मेरी जान बचायी थी। उन्होंने कहा था कि अपने जीवन में अहिंसा अणु व्रत का पालन जरूर करना। तबसे मैं इसका पालन करता हूँ।''

राजा—''तुम झूठ बोल रहे हो।''

राजा ने सिपाहियों से अपने भाई और इस चांडाल को हिंसक जीव के समक्ष भोजन के लिए फेंकने को कहा।

सिपाहियों ने शीघ्र ही राजा की आज्ञा का पालन किया। तभी एक चमत्कार हुआ कि चांडाल जो कि अहिंसा अणुव्रतधारी था। उसको देवताओं ने सिंहासन प्रदान किया और उसकी जय-जयकार करने लगे। राजा यह देखकर डर गया। वह बोला मेरे इस अपराध को क्षमा करें। और मेरे ऊपर कृपा करें। राजा ने चांडाल का राजकीय सम्मान से सत्कार किया।

वहीं राजा का भाई जो जीवों का जीवन भर शिकार करता रहा अन्त में जीवों द्वारा उसको अपना शिकार बना लिया गया।

इस तरह देखा एक चांडाल भी जब अहिंसा व्रत का पालन करता है तो मानव ही नहीं देवता भी उसकी पूजा अर्चना करते हैं। इसलिए अहिंसा व्रत का पालन और हर जीव पर दया भाव रखना चाहिए। यही इस कहानी से शिक्षा मिलती है।

सुदर्शन

सेठ देवदत्त अपने परिवार के साथ श्रावस्ती में निवास करते थे। वह ईश्वर की कृपा से बड़े ही सम्पन्न और मृदुभाषी थे। लेकिन उनके जीवन में एक ही कमी थी कि वह निःसन्तान थे।

एक दिन की बात है। वह मन्दिर में बैठे हुए सन्तान के विषय में सोच रहे थे। तभी संयोग से एक जैन साधु वहाँ आये। उन्होंने जब देवदत्त को चिन्तित अवस्था में देखा, तो वह उसके पास गये। बोले—''हे पुत्र! तुम इतना चिन्तित क्यों हो?''

देवदत्त ने सकुचाते हुए उत्तर दिया—'' कोई बात नहीं मुनिश्री।''

मुनिश्री ने पुनः आग्रह किया कि बताओ क्या बात है?

देवदत्त ने विनम्र स्वर में कहा—''हे मुनिश्री मुझे ईश्वर ने सब कुछ दिया है पर कोई सन्तान नहीं है। इसलिए मैं चिन्तित हूँ।''

मुनिश्री बोले—''हे पुत्र, सन्तान प्राप्ति के लिए तुम अपनी कुलदेवता की उपासना करो। तुम्हें अवश्य ही सन्तान की प्राप्ति होगी।''

देवदत्त ने मुनिश्री को प्रणाम किया और उनसे कुलदेवता की आराधना कैसे करनी है, इसकी विधि पूछी।

मुनिश्री ने देवदत्त को सारी विधि बताई।

देवदत्त मुनिश्री के वचनों को हृदय में धारण कर मन्दिर से घर आया। उसने सारा वृत्तान्त अपनी पत्नी को सुनाया। दोनों प्रसन्न हुए।

पत्नी—''हे स्वामी! हम दोनों

कुलदेवता की आराधना मुनिश्री के बताए हुए दिन से शुरू कर देंगे हैं।''

दोनों ने मुनिश्री की बताई विधि से कुलदेवता की आराधना शुरू कर दी। शीघ्र कुलदेवता प्रसन्न हुए। देवदत्त ने उनसे पुत्र प्राप्ति का वरदान माँगा।

कुलदेवता—''हे पुत्र, तुम मुझसे पुत्र प्राप्ति का वर माँग रहे हो, पुत्र तुम्हारे भाग्य में नहीं है। फिर भी यदि तुम कहते हो तो पुत्र होते ही तुम्हारा धनधान्य नष्ट हो जाएगा और तुम दोनों की मृत्यु भी हो सकती है। अतः तुम पुत्र प्राप्ति की इच्छा छोड़ दो।''

कुलदेवता के समझाने पर भी देवदत्त नहीं माना तो कुलदेवता 'तथास्तु' कहकर चले गये। कुछ समय बाद देवदत्त की पत्नी गर्भवती हुई। जब से पुत्र गर्भ में आया तब से सेठ का व्यापार घाटे में चलने लगा। देवदत्त को पुत्र रत्न की प्राप्ति हुई। दोनों दम्पती पुत्र को प्राप्त कर प्रसन्न हुए। उन्होंने अपने बच्चे का नाम सुदर्शन रखा।

लेकिन यह खुशी कुछ ही समय रह पाई। देवदत्त की पत्नी को सर्प ने काट लिया और उसकी मृत्यु हो गयी। देवदत्त इस घटना से काफी दुखी हुआ। वह कुछ समय तक तो बच्चे का लालन-पालन कर पाया। पत्नी के वियोग में देवदत्त की भी मृत्यु हो गयी।

सुदर्शन अनाथ हो गया। उसका न कोई सहायक था न संरक्षक। वह भाग्य के सहारे लड़ने लगा। कभी आस-पड़ोस से जो अन्न मिल जाता उससे अपनी उदर पूर्ति करता था तो कभी भिक्षा माँगता।

धीरे-धीरे वह बड़ा हो रहा था। एक बार वह नगर के जमींदार सोमनाथ के घर भिक्षा माँगने गया तो जमींदार सोमनाथ अपने नौकरों से धक्का मरवाकर उसे बाहर निकलवा रहे थे। तभी एक जैन मुनि अपने शिष्यों के साथ सोमनाथ के घर पधारे। उन्होंने सुदर्शन को देखा तो वह अपने शिष्यों से बोले—''यह बालक एक दिन इस घर का स्वामी बनेगा।'' मुनि की यह बात सोमनाथ ने सुन ली।

सोमनाथ ने सोचा—''मेरे पुत्र के रहते यह मेरी सम्पत्ति का मालिक कैसे बन सकता है? फिर मुनिश्री की बात कभी झूठ नहीं होती है।''

मुनिश्री जब जमींदार के घर से चले गये, तो जमींदार ने सोचा क्यों न मैं इस भिखारी को ही मरवा डालूँ। ऐसा निश्चय कर जमींदार ने सुदर्शन को मरवाने की योजना बनाई।

योजना के अनुसार उसने सुदर्शन को भोजन के बहाने बुलवाया। सुदर्शन सीधा-सादा

बालक था। वह जमींदार के बुलावे पर उसके घर भोजन करने आ गया। जमींदार ने उसे बड़े प्रेम से भोजन करवाया। फिर कहा—"पुत्र अब तुम कुछ देर यहाँ विश्राम कर लो, फिर चले जाना।"

सुदर्शन जमींदार की आज्ञानुसार उसके घर विश्राम करने लगा। उसके सोते ही जमींदार ने चांडाल को बुलाया। उसको कुछ धन देकर कहा—"तुम इस सोते हुए बालक को वन में ले जाकर मार दो।"

चांडाल सोते हुए उस बालक को वन में ले गया। वन में पहुँचते ही उसने उस बालक को एक बड़े पत्थर पर लिटा दिया। तत्पश्चात् उसने जैसे ही सुदर्शन को मारने के लिए तलवार निकाली। वह जाग गया। डरते हुए सुदर्शन ने कहा—"मुझे मत मरो!" सुदर्शन चांडाल के आगे हाथ जोड़कर रोते हुए बोला—"मुझे आप क्यों मार रहे हैं, मेरी क्या गलती है? मुझे माफ कर दीजिए। मेरी जान मत लीजिए।"

बालक के ऐसे करुण वचनों को सुनकर चांडाल द्रवित हो गया। उसने बालक से कहा—"बेटे तुम्हें जमींदार मरवाना चाहता है। उसी ने मुझे तुमको मारने के लिए भेजा है। अगर तुम हमेशा के लिए यह नगर छोड़कर चले जाओ तो मैं तुम्हें छोड़ सकता हूँ।"

सुदर्शन ने करुण स्वर में कहा—"हाँ! मैं हमेशा के लिए इस नगर को छोड़कर चला जाता हूँ।"

चांडाल सुदर्शन को वन में छोड़कर नगर चला आया और जमींदार के पास जाकर बोला कि आप निश्चिन्त हो जाएँ। मैंने बालक को मार दिया है।

उधर सुदर्शन रोते हुए दूसरे नगर की ओर चल पड़ता है। रास्ते में उसे धर्मपुर के नगरसेठ लालचन्द्र मिले। उन्होंने सुदर्शन को रोककर पूछा—"बेटे तुम क्यों रोते हुए जा रहे हो?"

सुदर्शन ने सेठ के स्नेह को देखकर अपना सारा वृत्तान्त कह सुनाया।

सेठजी बोले—"बेटे मेरे कोई सन्तान नहीं। आज से तुम ही मेरे बेटे हो। मेरे साथ चलो मैं तुम्हें अपने घर ले चलता हूँ।"

सुदर्शन सेठजी के साथ उनके घर चला आया। सेठ जी ने सुदर्शन का अपने घरवालों से परिचय करवाया और कहा आज से यही मेरा पुत्र है।

सुदर्शन का जीवन अच्छी तरह से बीतने लगा। एक दिन की बात है कि जमींदार सोमनाथ कर वसूली के सम्बन्ध में सेठ लालचन्द्र के यहाँ आया जहाँ सुदर्शन था। जमींदार ने जैसे ही सुदर्शन को देखा। वह तुरन्त ही पहचान गये कि ये लड़का यहाँ कैसे? इसे तो मैंने चांडाल से मरवा दिया था।

जमींदार समझ गये चांडाल ने मुझसे झूठ बोला। अच्छा तो अब यह नहीं बच पाएगा। ऐसा मन में विचार कर जमींदार ने फिर नया षड्यन्त्र रचा। उसने लालचन्द्र को कहा—"मित्र मैं अपनी कर सम्बन्धी कुछ दस्तावेज घर छोड़ आया हूँ।"

लालजी बोले—"अरे मित्र! ऐसी क्या बात है? तुम मेरे बच्चे को बता दो वह आपके घर से लेकर आ जाएगा।"

जमींदार ने मन में सोचा मैं जो चाहता था। वही हो गया है।

जमींदार ने भारी मन से कहा—"आप कहते हैं तो ठीक है। मैं लिख के देता हूँ। आपका पुत्र जाकर वह दस्तावेज ले आएगा।"

जमींदार ने सुदर्शन को एक कागज दिया। जिस पर लिखा था कि प्रिय पुत्र मैं जिस व्यक्ति को इस पत्र के साथ भेज रहा हूँ उसकी तुरन्त ही हत्या करवा देना।

सुदर्शन नहीं जानता था कि मैं अपनी मौत को लेकर जा रहा हूँ। वह चल पड़ा। चलते-चलते जब वह नगर के करीब पहुँचा तो थक चुका था। उसे पास में एक उद्यान दिखा जिसमें वह विश्राम करने लिए चला गया। कुछ देर बैठने के बाद वह वहीं लेट गया। इतने में संयोग

से जमींदार की पुत्री उस उद्यान में पहुँची। उसने इस सुन्दर युवक को सोते देखा तो उसके मन में कौतूहल जागा कि क्यों न उस युवक को करीब से देखा जाए। वह उसके पास पहुँची तो उस युवक के हाथ के पास पड़ा हुआ पत्र देखा। उसने उस पत्र को उठा लिया। खोला तो पाया कि यह तो मेरे पिता का पत्र है। उसने पढ़ा तो उसे लगा कि मेरे पिता बड़े ही धर्मनिष्ठ हैं। वह इस युवक को क्यों मरवाएँगे। मेरे पिता से अवश्य कुछ गलती हो गयी है। उन्हें मेरी शादी की चिन्ता बहुत सता रही है। इसलिए उन्होंने इस युवक को मेरे विवाह के लिए ही भेजा होगा। मैं पिता की भूल का सुधार देती हूँ।

पुत्री ने अपने आँख के काजल से पत्र में हत्या के स्थान पर विवाह करवा देना लिख दिया और वह पत्र वहीं रखकर चली गयी।

सुदर्शन जागा और चल पड़ा। जब जमींदार के यहाँ पहुँचा तो उसने वह पत्र जमींदार के लड़के को दे दिया। लड़के ने पत्र को पढ़कर, पिता की आज्ञा मानकर सुदर्शन का विवाह अपनी बहन से कर दिया।

जमींदार सोमनाथ जब घर आया तो उसने देखा कि सुदर्शन से उसकी पुत्री का विवाह हो चुका है। उसने अपने पुत्र को बुलाया और पूछा कि तुमने ये क्या कर दिया।

लड़के ने पिता को पत्र दिखाया, जिसमें 'विवाह करवा दें' ही लिखा था।

जमींदार बड़ा परेशान हुआ। सुदर्शन को अब कैसे मरवाया जाए। यह तो अब मेरा जमाई हो गया है। कुछ दिनों बाद जमींदार ने सुदर्शन को मरवाने के लिए नया तरीका सोचा। उसने सोचा क्यों न इसको पास के गाँव में डाकुओं का जो आंतक है उसे खत्म करने के लिए भेज दिया जाए। ऐसा विचार कर उसने सुदर्शन को अपने पास बुलाया और बोला—"बेटा पास के गाँव में डाकुओं का बोलबाला है। तुम अपने आदमियों के साथ जाकर उन डाकुओं को खत्म कर आओ।"

सुदर्शन जमींदार की आज्ञा मानकर कुछ आदमियों को साथ लेकर उन डाकुओं का खात्मा करने के लिए चल पड़ा।

रास्ते में सुदर्शन को जमींदार का लड़का मिल गया। उसने कहा जीजाजी आप कहाँ जा रहे हैं। सुदर्शन ने उसके पिता की आज्ञा सुना दी। पुत्र ने यह सुनकर सुदर्शन से कहा—"मैं आपके साथ चलता हूँ। आप अकेले उनसे मुकाबला नहीं कर पाएँगे। ठीक है तो चलो। हम दोनों साथ चलकर उनको गाँव से बाहर निकाल आते हैं।"

दोनों ने गाँव में जाकर डाकुओं को ललकारा। और उन्हें गाँव में कभी न आने को कहा। उनके द्वारा सुदर्शन की बात न मानने पर लड़ाई शुरू हो गयी। लड़ाई में डाकू जमींदार के बेटे को मारकर भाग गये। उसको बचाने में सुदर्शन भी घायल हो गया।

घायल अवस्था में जब घर पहुँचता है तो जमींदार को उसे देखकर आश्चर्य हुआ। वह उसके पास जाकर उसका हालचाल पूछने लगा। तो सुदर्शन ने कहा है कि डाकुओं ने मुझे घायल कर दिया और आपके पुत्र की हत्या कर दी है।

जमींदार ये सुनते ही जमीन पर गिर पड़ता है। जब उसे होश आया तो वह पुत्र के पास भागा। पुत्र के पास पहुँचकर वह चीख-चीखकर कहने लगा—"यह सब मेरे बुरे कर्मों का फल है जो मेरे पुत्र की जान गयी।

मैं पापी हूँ। मुझे भी मार दो। इस तरह से विलाप करते हुए जमींदार को सभी ने धीरज बँधाया और शान्त किया।

सुदर्शन ने कहा—"पिता जी ये सब विधि का विधान है। आपका इसमें कोई दोष नहीं है।" किसी तरह जमींदार शान्त हुआ। कुछ ही समय बाद जमींदार सोमनाथ ने अपनी सारी सम्पत्ति सुदर्शन को देकर संन्यास ले लिया।

सद्‌वचन

सद्‌वचन का प्रभाव ये सद्‌वृत्ति निर्माण हो।
दूर सारे दुर्गुणों को कर व्यक्ति कल्याण हो॥

यह बात उस समय की है। जब नगर में दुर्मुख नाम के डाकू का आतंक था। वह निरन्तर लोगों को सताया करता था। राजा भी उससे परेशान था। राजा ने उसे जिन्दा या मुर्दा पकड़वाने वाले को सौ स्वर्ण मुद्राएँ देने का एलान करा दिया था।

राजा के सभी प्रयास विफल हो रहे थे। दुर्मुख नगरवासियों को निरन्तर लूटता और मारता रहता था। दुर्मुख का एक पुत्र भी था। दुर्मुख ने उसको भी अपनी ही प्रवृत्ति का बना लिया था। वह भी पिता के साथ लूटपाट और डकैती का काम करता था।

दुर्मुख ने एक बार अपने पुत्र से कहा—"बेटे तुम्हें मैंने सारी विद्या सीखा दी, जो मैं जानता था। अब मैं तुमसे दो वचन माँगता हूँ। क्या तुम दे सकते हो?"

दुर्मुख पुत्र अपकीर्ति बोला—"पिताश्री आप कहें। मैं आपको अपनी जान तक दे सकता हूँ।

दुर्मुख—"पुत्र! तुम सब कुछ करना पर कभी सत्संग में न जाना और न कभी धार्मिक साहित्य को पढ़ना।"

अपकीर्ति बोला—"पिताजी! मैं आपको वचन देता हूँ। मैं इसका सदैव ध्यान रखूँगा।"

पिता दुर्मुख पुत्र के ऐसे आज्ञाकारी होने पर बड़ा हर्षित हुआ। दोनों पिता-पुत्र अपने काम में लगे रहे। एक दिन दुर्मुख नगर में लूटपाट कर अपने ठिकाने पर पहुँच रहा था। रास्ते में एक हिंसक जानवर ने हमला कर दिया जिसमें वह गम्भीर रूप से घायल हो गया। लाख कोशिश के बाद भी अपकीर्ति अपने पिता को नहीं बचा सका। पिता की मृत्यु के उपरान्त अपकीर्ति अकेला हो गया।

अपकीर्ति ने पिता के बताए हुए रास्ते का अनुकरण किया। एक बार नगर में लूटपाट कर अपकीर्ति अपने ठिकाने की ओर जा रहा था तभी रास्ते में उसने मुनिश्री का सत्संग चलते हुए देखा। तो उसे पिता को दिए हुए वचन याद आ गये। उसने अपने दोनों हाथों से कान बन्द कर

लिये और चलने लगा। तभी रास्ते में उसका पैर पत्थर से टकरा गया और खून बहने लगा। उसने खून को रोकने के लिए कानों से हाथ हटाकर अपने पहने हुए कपड़े को फाड़कर कपड़े की पट्‌टी पैर में बाँधने लगा।

तभी मुनिश्री के वचन उसके कान में पड़ गये कि—''जीव मात्र के प्रति हिंसा करने वाले व्यक्ति को नरक भोगना पड़ता है। उसे जीवन में कभी खुशी नहीं मिल सकती है। इसलिए अहिंसा व्रत का जीवनभर पालन करना चाहिए।''

इतना शब्द अपकीर्ति के कान में पड़े और वह आगे चल पड़ा। ठिकाने पर पहुँचकर जब वह बैठा तो उसे मुनिश्री के शब्द ही कानों में गूँजने लगे। उसकी अन्तरात्मा उससे बार-बार सवाल करती। अपकीर्ति तुमने तो जन्म से लेकर आज तक निरन्तर हिंसा के मार्ग का अनुकरण किया है। तुम जरूर नरक में जाओगे।

ऐसे अन्तर्द्वन्द्व से परेशान होकर अपकीर्ति ने खूब शराब पी ली। वह बेहोश होकर गिर पड़ा। संयोग से तभी राजा के सिपाहियों ने उसे पकड़ लिया। वह उसको बेहोशी अवस्था में ले गये। राजा के राजदरबार की छुट्‌टी होने के कारण सिपाहियों ने उसे दरबार में न ले जाकर सीधे कैद खाने में डाल दिया। कैदखाने की स्थिति नरक से भी खराब थी। अपकीर्ति को जब होश आया तो उसने अपने को इस नरक में देखा तो घबरा गया। उसे मुनिश्री के वचन याद

आने लगे कि बुरे काम करने वालों को नरक में जाना पड़ता है। अपकीर्ति अपनी इस दुर्दशा पर बहुत घबराने लगा। उसने चारों ओर देखा तो कैदी भरे पड़े हैं। वह किसी से कुछ न कह पा रहा था। चिन्ताग्रस्त अवस्था में वह रोने लगा कि हे भगवान मुझे माफ कर दो। मैं कभी ऐसे गलत काम नहीं करूँगा। यह बार-बार कहता रहा। कोई उसे बचाने वाला नहीं था।

दूसरे दिन जब राजदरबार खुला तो सिपाही उसे राजा के सामने ले जाने के लिए आये तो वह उनसे भी माफी माँगने लगा। सिपाही उसकी इस दशा पर हँसने लगे। फिर उसे राजदरबार में लेकर गये। अपकीर्ति को राजा के सामने पेश किया गया। राजा के पूछने पर अपकीर्ति ने अपने सारे गुनाह कबूल किए। राजा से प्रार्थना की मुझे इस बार माफ कर दीजिए। आगे मैं अच्छे काम करूँगा। किसी प्राणी को कष्ट नहीं दूँगा। मेहनत मजदूरी कर अपनी जीविका चलाऊँगा।

राजा बड़े दयालु थे। उन्होंने उसे कम सजा देकर जीवन सँवारने का एक मौका दिया। अपकीर्ति ने हृदय से राजा की जय-जयकार की। अपकीर्ति कुछ दिनों के बाद जब वापिस आया तो वह पूर्णतः बदल चुका था।

डाकू अपकीर्ति एक सदाचारी नागरिक बन चुका था। वह मेहनत मजदूरी कर अपनी जीविका चलाने लगा।

इस तरह मुनिश्री के एक वचन के श्रवण मात्र से अपकीर्ति जैसे डाकू का जीवन बदल गया। समाज और देश की प्रगति में वह अपनी शक्ति का सदुपयोग करने लगा।

❑❑❑